손톱

손톱

발행일   2019년 10월 30일

지은이   파피루스
펴낸이   손형국
펴낸곳   (주)북랩
편집인   선일영   편집   오경진, 강대건, 최예은, 최승헌, 김경무
디자인   이현수, 김민하, 한수희, 김윤주, 허지혜   제작   박기성, 황동현, 구성우, 장홍석
마케팅   김회란, 박진관, 조하라, 장은별
출판등록   2004. 12. 1(제2012-000051호)
주소   서울시 금천구 가산디지털 1로 168, 우림라이온스밸리 B동 B113~114호, C동 B101호
홈페이지   www.book.co.kr
전화번호   (02)2026-5777   팩스   (02)2026-5747

ISBN   979-11-6299-948-6 03810 (종이책)   979-11-6299-949-3 05810 (전자책)

이 도서의 국립중앙도서관 출판예정도서목록(CIP)은 서지정보유통지원시스템 홈페이지(http://seoji.nl.go.kr)와
국가자료공동목록시스템(http://www.nl.go.kr/kolisnet)에서 이용하실 수 있습니다.
(CIP제어번호: CIP2019043047)

(주)북랩 성공출판의 파트너
북랩 홈페이지와 패밀리 사이트에서 다양한 출판 솔루션을 만나 보세요!
홈페이지 book.co.kr   • **블로그** blog.naver.com/essaybook   • **출판문의** book@book.co.kr

손톱

파 피 루 스   짓 다

북랩 book Lab

시를 쓰려고 하면 생각들이 어디론가 들어가 버린다
내게도 달팽이 같은 그런 집이 있는가 보다
1세대 1주택인 줄 알았는데

─ 「달팽이」 중에서 ─

차 례

제1부 破

제2부 皮

제3부 涙

제4부 水

제1부

破

탱자

남경우

야무지게 생긴 가시들
깊숙히 들어앉은 그대
바람은 더 간절해지고

가시의 날카로운 시선
다급해진 미각
어느새 내민 손의 떨림

거부하는 느낌 선명해도
다가설수록 짙어지는 그대의 향
장지 끝에서 살아나는 감각

그 짙노란 그대 모습 탐할수록
손등에 새겨지는 희붉은 줄들
시큼한 그대 더욱 그리워

오늘

류희순

산을 오른다
내일이 겁나기 시작하면서
생긴 일과

사냥꾼에 쫓기는 놀란 노루처럼
쏟아지는 정보에
길을 헤매고
중심을 잃고
넘어진다

요즘 사는 게 이렇다

원래 나는 안 그랬는데…

이젠 어제의 내가 기억나지 않는다

이상한 아침

정지원

종다리일지도 모를 새소리
창문을 열고 들어와 햇살 위에 앉으면
어느새 격해지는 도니체티의 아리아
아름다운 선율은 조건을 달지 않는다

가로등이 꺼진다
비명을 지르면 돌아간 어둠이
어디서 숨을 고를지를 걱정한다
감상은 헤퍼질 대로 헤퍼진다

고독의 노래도 순수의 찬가도
어울리지 않는 이 아침과
반복되는 내일에는 사라지고 없을
시베리아의 순수를 닮은 오늘

사람이 사람을 잊지 못하고
그리움이 그리움을 지우지 못하고
아름다움에 조건을 달지 못하고
확신이 의심을 덮지 못하는

내가 나를 모르는 아주 이상한 아침

미래 백병전

이준영

공포의 전쟁
어마어마한 위력에
지구가 결딴난다

로봇에
레이저 무기에
태양열 폭탄에
인간은 피 한 방울 안 흘리고
전자게임하듯 전쟁한다

이기기 위해
가공할 위력의 무기에
산천은 의구하지 못하다

시간 길이는 무의미
이제 모두 못 살게 됐다
잘못하면
그래도 승부는 부지하세월

현자 묘안
우리 중 한쪽이 사라져야
지구라도 산다고

대의를 위해
평화를 위해
자살하듯
백병전을 하자고

무기가 없어서가 아니고
무기가 너무 많아
벌어진 백병전

첨단무기 버리고
피와 살로 서로 싸운다

주먹이 약하다
발차기는 언감생심
부엌칼 하나 없다

전쟁도 요리도
인조물들이 해줬으니
온종일 싸워도
코피 하나 흘리는 놈이 없는 것이다

힘이 없어 다시
근육이 허약해
현자의 제안은 폐기됐다
어느 미래에

사랑, 그것

김지희

딱 부러지게 무어라 할 수 없는 그것, 사랑
누구에게나 있는
누구에게나 있었던 그것, 사랑
누구에겐 아름답기만 하고
누구에게는 한없이 처절한 그것
그냥 그것이 없었더라면…

차라리 몰랐더라면…
바람이 차갑다
얼음 같은 사랑, 그것
내게로 오는 그것

여섯 번째 감각

이미경

어슴푸레한 옷장에 갇힌 고양이 눈빛처럼
너의 비밀이 형광으로 빛났어
재 따위 남기지 않으려던 유성은 그때 멈추었지

비 갠 오후, 신들의 약속 같던 무지개가 색을 잃고
떠나기 싫었던 저녁 해가 시뻘겋게 불 질러 놓은 들판과 하늘
저 너머로
밤은 깊고 푸르게 멍들어갔지

휘황한 밤, 하늘은 여전히 시커멓게 멍들어 있는데
오징어잡이 배의 집어등만큼이나 반짝이는 유리창 너머로
너의 웃는 얼굴이 보여

양쪽 폐 사이 가운데쯤에서
자꾸만 찌르르 찌르르…
귀뚜라미 한 마리가 미량의 전기 고문을 해

욕심

류희연

콩 심고
팥 나길 기다린다

부정 출발이라도 좋다
냅다 업고 뛴다

스물을 훌쩍 넘긴 자식들을
등에 업고
내려놓을 줄 모른다

이미 때가 지난 줄 알면서도
다리가 후들거려도
이 모퉁이까지만…
나를 속이며 버텨본다

콩 심고
팥 나길 기다린다

등에 업힌 자식의 발바닥에
굳은살이 배기를

어미 등짝에서

세상을 배우기를

안락을 가르치며
스스로 걷겠다 말하기를

콩 심고
팥 나길
미련한 어미는
오늘도 기다린다

금정산 둘레길

류홍석

산허리 돌아가는 능선과 계곡
그 말초까지 뻗어나가며
할퀴고 찢기어져 드러난 핏줄

한사코 파고드는 철부지들 감싸 안는
늙은 할미 코 묻은 치맛자락
무수한 생명 품고 사는 더 큰 생명

한평생 노동으로 다져진
깡마른 사내의 꺼칠한 맨살
나날이 이어지는 거친 발길질 받아내며
묵묵히 선정에 든 거인

정상에서

남경우

어느덧 고개턱
흐트러진 발자국
턱밑까지 차올라

등줄기 따라 스치는 바람
잊히는 기억 조각
스며드는 헛헛함

메아리 소용없는 예순
아득한 골바람 코끝에 머물고
기우는 햇살에 빨라진 심장

내리닫는 시선
아득한 곳에 머물고
불가항력 초병의 떨림

가벼워진 배낭
무게를 더한 마음
담담한 발걸음

여름날의 추억

류옥진

잡으려 해도 잡히지 않는 너
너로 하여 하얗게 밤을 지새우고
빨갛게 힘겨운 새날을 맞이한다

어느 순간
너와 나 피를 나누었고
온몸에 새겨진 너의 흔적들

밤이면 또다시
나의 귓가를 서성이는 너
우리의 전쟁터에 뿌려지는 나의 피

나누지 않으려는 자와 빼앗으려는 자
승리는 늘 빼앗으려는 자의 몫
그는 목숨을 걸기 때문이다

처서가 되기 전
전쟁터의 나팔소리처럼
웅장하고 위대하였던 자

매미의 주검 위로
은행알들이 익어갈 때

마지막 날갯짓으로 죽어간 전사

여름날
하얀 밤 추억을 던져주고 간
너의 이름은 모기였던가

특이점 시대 어느 사피엔스의 독백

김형균

그때 이미 알았더라면

이런 혼란은 없었을 것을

지금 지구 최고의 최상위 포식자는

과연 누구인가

순간 판단뿐만 아니라

추론의 세계까지 따를 자 없으니

호모 속(屬) 사피엔스 종(種)이

인공지능 속 로봇 종의 지배를 받은 지

몇 년이 지났던가

내 머리에 박힌

인공신경망 회로칩이

나를 똑똑하게 만들 거라 기대했건만

그 자료들이 빅데이터가 되어

이를 컨트롤하는 또 다른 지능체가

우리를 압도할 줄이야

가상의 공간이라고 안도했었지

그러나 깊은 배움의 세계를 스스로 만들어

현실의 공간을 완벽하게 지배할 줄은 미처 몰랐네

그래도 직관은 절대 안 된다고 했었지

정서는 절대 못 미친다고 했었지

그러나 몰랐다

헛되고 삿된 경쟁으로

그 알량한 사피엔스 직관의 퇴화

정서의 쇠퇴는 미처 몰랐네

수만 년간 공동체의 유전자가

수백 년 이기적 유전자에 이렇게 허망하게

절멸하지만 않았던들

기술에 목말라하는 빈자의 울부짖음을

조금만 귀 기울였더라면

또 다른 하루가 되었겠지

바벨탑의 과욕은 방언으로 나타났지만

지능체의 과욕은 종언으로 나타날 것을

그렇다 내가 곧 간다

오소서 주인님이여

서역 만리

김동우

타클라마칸
끝없는 모래밭
별 스치는 차가운 향기
스며든 눈동자 속

월야천 품에 안긴 달은
명사산 걸쳐 앉아
홀로 빛나고

막고굴 천불동
시작과 끝 개의치 않는
불상의 미소는
마음 가는 곳이
극락이라 말하네

기러기 쉬어가는 소륵하
물길 소리 옥문관 봉수대 올라
춤사위로 나를 부르니

기대인 낙타 품 속에서
아버지 차를 끓이시고
어머니 밥을 지으시네

침묵(沈黙)

김동우

검은 개는

심연
빛조차 숨죽인

외면의 나는 침묵이다

눈에 잠이 든 별
감는다
숨긴다
별을, 나만의 별을

침묵하기 위해
침묵을 버렸다

손끝 밴 채취
씻는다
오므린다
이제는 스미지 않게

짓지 않는다

나의 사랑

여석호

사랑 속에서는
사랑의 소중함을 느끼지 못하고
사랑 밖에서는
사랑이 다시 찾아올 것이라는 기대
그녀를 그리워하는 것만으로도
행복한 사랑

죽어가는 방법

장현수

거울 하나 들고 무인도로
전화 신호도 닿지 않는 곳
즐길 거리 하나 없는 곳
욕조나 따뜻한 물도 없고
종이나 펜도 없는 곳
머리를 누일 베개도 없고
책은 더더욱 없는 곳
시간의 흐름을 알지도 못하고
알려주지도 않는 곳

해가 뜨고 달이 뜨고
해가 지고 달이 지고
가끔은 별들도 바람에 휩쓸려 가고
더러운 쓰레기도 떠도는 곳

그냥 묻혀서 사라지는 곳

말 상대 새 한 마리 나무 하나 없는 곳

청소

최의학

욕실 청소를 했다
아내가 청소했냐고 물었다

거실 청소를 했다
아내가 청소했냐고 물었다

부엌 청소를 했다
아내가 청소했냐고 물었다

방 청소를 했다
아내가 청소를 했냐고 물었다

자기… 야! 자기… 야! 다시 청소하라고

욕실 청소를 한다…

제2부

皮

손톱

류희연

손톱만큼
당신을 사랑합니다

버려두면 자라나서
상처를 만들기에
당신을 향한 마음을
추억이라 잘라둡니다

일상에 부딪혀 깨지는 손톱처럼
당신의 추억 또한
삶의 한 모퉁이에서 잘라져 나갈 것을 압니다

길게 자르면 금방 자라고,
짧게 자르면 온통 손톱에 신경이 쓰입니다
행여 빠지기라도 하면
새로이 자라기까지 습관처럼 고통을 확인하므로
저는 당신을
손톱처럼 사랑합니다

당신은
손톱처럼
떼어 버릴 수 없는 삶의 일부입니다

손톱만큼 사랑한다는 것이
저에겐
아낌없이 사랑하는 것보다 더 힘든 일입니다

자식 같다는 소

이준영

소 값 파동으로 온 나라가 난리일 때
도축장 최 전무는 인터뷰를 사양했지
고기 행방 질문엔 고집스레 익명만
얼굴 사진 찍잔 말에 화마저 내니
자기 자식들 시집 장가 망칠 거냐며

자신을 드러내면
자식들인 아들딸 앞날이 걱정된 그 시대

세월 지나 길 잘못 들어 만난 푸줏간
세상은 온갖 고깃집으로 휘황찬란하고
산과 들에 살타는 냄새로 가득한 지금
TV에 나온 농부는 소리소리 질러댄다
자식같이 키운 소인데 금 떨어진다며

자신을 드러내곤
자식 같다는 송아지 시세만 걱정하는 이 시대

봄

김성희

강나루 긴 언덕
봄을 따라서
아지랑이 낭실낭실
오고 가네요

앞산 멀리
곱게 핀
참꽃 따다가
울 엄니 방 앞에다
놓아 드려요

두 줄로 쑥쑥 자란
마늘 밭 위로
하얀 나비
나풀나풀
날아다녀요

시골 마당 반짝이는
장독대 옆엔
농병아리 한아름
담겨 있어요

하루 끝낸
어느 집
돌담 안 속엔
하하호호 웃음소리
넘쳐나네요

왜

김성희

갑자기 그 생각이 왜 나지
허름한 벽엔 올리비아 핫세의 웃음 진
커다란 사진이 걸려 있고
서울 숭의여고에서 전학 왔다던
그 친구의 얼굴
고3 학력고사 얼마 전에
백혈병으로 죽었던 그 친구
엄청 부자고 얼굴이 하얬던 그 친구

내 방도 없던 그때
내 방인 양 커다랗게
올리비아 핫세 사진으로 칠갑하고
그 노려보는 눈빛 무섭다며
당장 치워 없애라고
고함치던 그 오빠도
먼 길 떠나버리고

갑자기 왜
그 방이 그 친구가
33년 전에 죽은 우리 오빠가
생각나는 걸까
왜 왜 무엇 때문에

거짓말

김성희

지까짓 게 뭐시라꼬
내를 보고 무시하노

지까짓 게 뭐 안다고
내를 보고 괜찮다노

2남 3녀 잘 키워서
짝을 지워 내놨더니

알콩달콩 잘 산다고
매일매일 안부 전해

하루하루 너무 좋아
아무 걱정 안 하는데

지까짓 게 뭐 안다고
남의 신세 걱정하노

지까짓 게 뭐 안다고
내 거짓말 다 안다노

2남 3녀 하나같이

지지리도 못살아서

에미 마음 새까맣게
숯 검뎅이 되든 말든

돈 좀 달라 쌀 좀 달라
이리저리 뜯어가고

안 그런 척 괜찮은 척
겨우겨우 숨기는데

지까짓 게 뭐시라꼬
내를 보고 무시하노
지까짓 게…
지까짓… 게

내 눈에 캔디

이미경

은영아, 소지섭 까리하게 생긴 거 알겠는데
뱀눈까리 같아서 별로
지윤아, 강동원 분위기 있게 생긴 거 알겠는데
저승사자 같아서 별로
복남 언니, 장동건 잘생긴 거 인정하는데
소눈까리 같아서 별로
엉, 승혜야 원빈 잘생겼지
근데 왠지 촌발 날려서 별로
영순아, 박해진 잘생긴 거 알겠는데
김치 씻어 놓은 거 같아서 별로
송숙 언니, 꽃중기 좋아하시네
하늘땅 어린이집 노랑 모자 씌우면 딱이지 않아

수연 언니 거품 물었다
으유 그래서 너는 견적도 안 나오는 니 신랑이랑 결혼했구나
언니, 어제 형부랑 어디 갔었어
우리 봤냐 김가네 칼국수 가서 비빔국수 먹고 왔어
우리 신랑도 비빔국수 좋아하는데
카톡 해야지 오늘 저녁에 비빔국수라고

우리 신랑은 내가 해 준 거 뭐든지 잘 먹어
특히 나를 아주 잘 먹어

물구나무서다

정기남

물구나무서는 건 나무가 아니야
선홍 고기살인—거지
수평으로 너부러지는
무심한 얼굴은 뭉개버리고
꿈은 저미는 푸줏간 바닥에서
숲 안개는 바다로 날아—가지만
새벽 3시, 가위 눌리는 명치·쯤의 시간
동박새가 떨어지듯 허파를 쥐 뜯겨
죽비처럼 하혈하더라도, 동백꽃은
숨 쉴 수 없어 휘돌아 솟구치는 우리들의 피
숨 가쁘게 몰아쳐 오르는 바람이라야 가랑이 사이
엉킬 수 있는 게지 연리지야
흐드러진 잎들은 덜어내고 애써 드러내는 뿌리들
허벅살 힘으로 뭉쳐 물구나무서다
이제는 사랑할 수 있어, 잠잘 수 있어
배 속에서 솟구치는 뼈다귀더라도
빛과 물을 섞는 잎사귀마다
새들이 추락할 수 있어, 뒤집을 수 있어
웃자란 덤불 속 엉클어짐으로
우리 사랑할 수 있어, 물구나무서서
솔개처럼 꿈속에서도
따옴표 없이도

조용필의 노래

정지원

사람은
바람처럼 왔다가
이슬처럼 간단다

하지만 사랑은
이슬처럼 왔다가
바람처럼 가버린다

그리고 추억은
구름처럼 왔다가
안개처럼 사라지겠지

그래, 마음앓이에 몸이 허물어지고도
그의 노래에 떠올리는 사람 있다면
살면서 후회 한 톨은 덜고 산 거다

숙제

류희순

하기 싫어도
할 수 없어도
정해진 시간 내에
마쳐야 하는
숙제

아이는
힘들다고, 하기 싫다고
어리광 부리기라도 하지만
나는
어리광 부릴 곳이 하나 없는
나이만 든 아이

숙제 없는 세상이 어디 있을까?

그럼에도
나는
오늘도

숙제 없는 세상을 꿈꾼다

나무인 줄 알았다

류홍석

세찬 바람에 뿌리조차 뽑히고
아! 삶의 끝이구나
느낄 때까지
나는 나무인 줄 알았다

날아가 머문 자리 뿌리 다시 생겨나고
요행히 삶이 이어졌을 때
나는 풀이었구나
고쳐 생각했었다

이제 산들바람에도 가볍게 떠올라
춤추며 여기저기 날아다니니
정작 나는
풀벌레였다

묵묵한 말

나를 오르며 무심코 던진 한숨을
하나하나 모아 쌓았더라면
아마 나는 진작 무너지고 없었을 게야

내가 있어 오르는데
오르는 마음들을 색깔로 물들였더라면
까만색이 되고도 남았을 거야

몸을 다지려
마음 다지려
생각 다듬으려
기분 풀려
그냥 즐기려
그냥 이유 없이

이 모든 변덕도 아랑곳하지 않고
네 발 앞에 언제나 길을 내주는
그런 친구 네 옆에 있냐고

늘 진중한 모습이지만
때에 맞게 옷도 갈아입을 줄 아는
그런 멋진 친구 만나 봤냐고

늘 네 눈길 가는 곳에 있었는데
몸이 안 좋아
마음이 복잡해서
생각이 없어서
기분이 안 좋아서
그냥 이유 없이 외면했던 친구 있냐고

너는 누군가에게
그런 사람 되어 본 적 있냐고
그런 나로 산 적 있냐고

산턱 낮은 구름을 만난 바람이

대신 전해 준 묵묵한 말

책 속의 가고 싶은 그곳

여석호

스위스 다보스의 베르크호프
스위스 몬타뇰라의 해바라기 꽃밭
런던의 태드캐스터의 여인숙
낸터킷 항구의 물보라 여인숙
트로이에서 이타카로 가는 길

초화(初花)

정지원

저 꽃을 피울 때도
나무는 아낙처럼
소리 지르고 아파했을까?

땅속 깊이 길어 올린 육두문자
시원히 쏟아붓고는
마지막 진통은 미소로 떨었을 터

아기 꽃 예쁘다 않고
울 할매 늘 그랬듯
못생긴 게 지랄한다고 하면

이 한 철 지나
아니 이 해가 저물도록
오래오래 피어 있을까?

우렁쉥이

이미경

신전을 받치는 기둥 사이로 하늘 바람이 불도록
여유 있는 거리를 유지해야 한다고
책 위에 밑줄을 그으며 내게 말했지

나무가 다닥다닥 붙으면
종국에는 햇빛 전쟁에서 모두 패자가 된다고
책 나부랭이를 짚어 주면서 내게 말했지

자연환경에 적합한 자가 살아남아 번영을 누린다고
시대에 맞는 연애 감정을 가져야 한다고
책 좀 읽으라고 내게 말해 주었지

헤프게 꿀 발림한 시대 적절한 지적에
역사적인 펌프질을 포기하고 스스로 피 흘리기 시작하는
내 미련한 심장
겨우 발작적으로 펌프질하는 근육 덩어리
우렁쉥이 니 심장이
정교한 2심방 2심실, 내 심장을 상상이나 할 수 있겠니

기둥 사이로 부는 스산한 바람 때문에
기댈 수 없이 멀어진 나무 간격 때문에
시대 맞춤형인 판타스틱한 감정 때문에

찔끔거리는 우렁쉥이 심장 때문에
진화의 결정판인 내 심장이 새고 있어

송이

최의학

아내가 들어왔다
송이가 꼬리를 흔든다

예원이가 들어왔다
송이가 쳐다보고 있다

내가 들어왔다
송이가 모르는 척한다

송이가 서재로 들어왔다
내가 꼬리를 흔든다

장고 소리

박경수

사랑이 무섭도록
그리운 날들이 있었다

살을 파고드는 날카로운
비수도 받아들일 각오가
있었다
사랑을 받을 수만 있다면

그것이 구걸이라도
상관없는 사랑의
냄새가 참으로 그리웠다

내 어머니는 장고를
어깨에 메고
스스로 장송곡을 부르며
구천을 올랐다

죽음은 이승의 끝이 아니고
살아 있는 육신의
또 다른 모습이란 걸
나는 참 나이 들어 알았다

사랑도 그렇다
사랑이 떠나고 또 다시 오지 않더라도
그것은 또 다른
사랑의 방식이자 모습일 뿐이다

오늘은 어머니의 장고 소리가
살아 움직이며 쟁쟁하게 귓전을 때린다

사랑하는 내 아들을 부르며
사랑을 못다 준 회한의 장고를
울려준다

소복을 입은 내 어머니의 소리를 따라
차가운 밤의 길로 나도 떠난다

연정

박경수

한설이 매화꽃 위에
한 방울 찬 이슬을
남기고 저문 날

내 님은 그것이
못내 님 그리워
겨우내 쌓였던 한 서린
눈물인 줄은 아실까

매화꽃도 산화하고 나면
온 산과 들이 화무를
지천에 추어야 될 양인데

갖은 꽃들의 색과 향기에
취해 변화무쌍하게 님과
연정을 나누리

여명(黎明)의 찻잔

박경수

영원할 것 같은 암묵의
고독을 더해 여명이 다가오도록
나는 차 한 잔에 의지해
밤을 뒤척인다

따스한 찻잔 위로 뭉게뭉게
피어오르는 하이얀 김처럼
내 안에 응고된 아픔까지도
증발되었으면 참으로 좋겠다

그러나 그 고독을 휘발시키지 못하면
생채기로 참아내면 되겠지

고독에 좌절하는 것은
나름 떳떳하고 당당하지만
쾌락에 좌절하는 것은 부끄러운 일이라는
그 누군가의 말에 위안도 삼아본다

둥근달을 언제 보냈다고
불현듯 낫 모양의 초승달까지
나의 쓰린 가슴을 후벼 파는
우주의 거침없는 운행 속에서

참 초라하다

그래도
정말 그래도 말인데…
나로 인해 원망하는 이들
나로 인해 가슴 사무치는 이들
나로 인해 울어 보았을 이들
더하여
나로 인해 웃어 보았을 이들까지도

오늘 밤만큼은 고적과
외로움에 가두어 있는
내게 한줄기 빛이
창에 파고들 때까지
따스한 차 한 잔 같이 했으면
참 좋겠다

쿵스레덴

장현수

왕의 길엔 왕이 살지 않고
그 길 따라 걸어도 왕궁은 나오지 않네
나에게서 너에게로,
너에게서 나에게로
가깝고도 멀지만
거리보다는 엇갈린 찰나로 느낄 뿐이지

인적 없어 오히려 충만하고
척박해서 더 풍요로운
바람 햇살 물소리 자갈과 흙과 어둠
별안간 내리붓는 폭우에
씻겨 내려가지 않는 둔중한 몸뚱아리

내 마음을 알고
내 마음을 찾는 게
밖을 헤매는
것보다 어렵다

있어야 할 곳에
있고
싶다―

산복도로 블루스

김형균

너의 욕망을 붙들어 놓은 지 오십여 년

맨주먹에 언덕길 올라오던 호기는

흐릿한 전등불 아래

귀갓길 신음소리에도

힘들어한다

골목 틈새 뜬금없는 맨드라미 붉은 빛이

우중충한 계단 돌이끼를 밝게 비춘다

이제는 떠나야 할 때가 되었노라고

어제의 다짐을 내일은 보겠노라고

기약 없는 뱃고동 소리가 들릴 때마다

다짐하고 벼리지만

이내 또 주저앉는다

나의 자존심은

탁 트인 바다 저 너머에 닿아 있다

오늘은 구론산처럼 달착지근하게

내일은 초인의 발자국처럼

하염없이 기다리는

그 중얼거림에도 진득이 묻어 있다
뒤늦게 알았다

동네 점방 평상에

하루 종일 걸터앉아

오가는 이와 눈을 마주치지 못하는

김씨 아재는

술이 고픈 것이 아니라

고관절 뼈마디를 훑고 가는

그 바람이 야속할 뿐이라는 것을

수십 년간

나의 시름을 달래주던

저 남항 앞바다 외항선의 눈부신 마스터는

어디로 갔는가

북항 너머 떠나는 큰 배 우현의

또렷한 배 이름

뿌듯하게 내려다보는

나의 오만한 시선

이제는

신화가 되어 버리는가

우락부락 시야를 가리는

콘크리트 탐욕의 덩어리 옥상에

죄 없는 어린아이들 손짓이 아이러니하고

한없이 접혀지는

나의 초식성 자아

그래도

종으로 추락하는 나의 위신을

횡으로 비상하는 너의 역사를

이만큼

보듬고 살 수 있어서

부대끼고 버텨 주어서

감사하고 감사하다

오늘도 찻길 옆 높낮이 없는 지붕 주차장에서

너를 붙들고

굴곡진 너의 뒤를

시선으로 쫓아가며

나지막이 울음 삼킨다

길을 막지 않는 곡선의 삐뚤삐뚤한

계단에서

차마 올라서지 못하는

조심스러움에

내 몸을 가다듬어본다

건넛집 기침소리가

현기증을 더하지만

그 애잔함에

나는 또 살아 있음을 확인한다

시인의 회한 어린 찬가가 모퉁이를 휘감고

착지할 곳 마땅찮은 새들의

하릴없는 날개짓처럼

나의 미완의 꿈은 허공에 떠돈다

그러나

앞집 삼팔따라지의 이향의 한을

옆집 공순이의 이농의 고단함을

너는 묵묵히 보듬어 주었다

그러니 이 도시 인본주의 르네상스의 본향이라 부르는 게

더도 덜도 없는 너의 이름값이리라

한이라고도 했다

부끄러워 집 멀찍이 택시를 내리기도 했다

번지수를 가리기도 했다

혹자는 가난이라고

어떤 이는 쇠락이라고도 쉽게 말한다

그러나

나에게 이곳은

유년의 소중한 추억이며

오늘의 엄중한 밥이자

내일을 지키는 자존이다

감사하라 도시민이여

찬양하라 우리 안의 우리들이여

네크로필리아 괴물로 타락하지 않고

혼자 달려가지 않고

공존의 지혜가 도시의 품격을 말해 주는 시대에

온몸으로 가르쳐 준

항구 도시의 성채여

고난의 바다에

희망의 이타카여

자화상

남경우

태풍이라 몸 사리던 날
빗방울로 엉긴 창 일그러진 얼굴
빗물인지 눈물인지 번진다

스무 해 동안 숨 죽여 산 그대
까만 눈동자 속에 비친 그 눌림
어찌 한순간도 보지 못했을까

술 없이도 추는 덩실 춤
술잔에 일렁이는 고독
허공에 걸린 두 줄의 전깃줄 같아

비처럼 내리는 희열
파편처럼 터지는 냉가슴
그제야 그려지는 그대 얼굴

사느라

류옥진

사느라
생강나무꽃이 피는지를
진달래꽃 순번 기다리는지를
산벚꽃 피고 지는지를 몰랐네

사느라
햇살 담긴 개울가
노닐던 오리가 날아가는
하늘 한번 쳐다보지 못했네

사느라
새벽이 걸어오는 길 위에서
실크 안개 춤추는 것을
나이 오십 넘어 보았네

두런두런
바위들과 정겨운 개여울
비친 제 모습에
외로움 모르는 소나무

풀섶 누이고
노랗게 고개 내민 봄

어둠을 깨우고
붉게 산정에 걸린 해

죽어 버린 나무 위에
귀하게 싹트는 연두
먼 산 어귀를 따라
품어 버린 연정

이제는
큰 눈 큰 가슴으로
사는 것같이
살아 봐야겠네

77 사이즈 그녀

박정숙

55 사이즈 때 그녀는
전차 값 한 푼도 아끼려고
아미동에서 서면까지 걸어 다니셨다

66 사이즈 때 그녀는
뽀얗게 화장품 가방 메고
늘 새파란 옷을 입고 계셨다

4·3과 6·25를 정통으로 겪으며
제주 조천에서 태어난 그녀

55 사이즈 때나
66 사이즈 때도
그녀는 늘 변함없이 용감무쌍했다

77 사이즈인 그녀는
어느새 눈가의 잔주름은 가득하고
늘어난 뱃살만큼 사연이 소복하다

그녀의 용감하고 고단한 날들은,
어느새
볼록한 뱃살과 주름에 묻혀 버렸다

늘어난 사이즈와 반비례해서
노쇠하고 카랑카랑 연약해졌다

77 사이즈 일흔일곱의 그녀는
올록볼록 뱃살도 사랑스러운
자글자글 주름도 자랑스러운

엄마

제일 사랑하는 나의 엄마
아니 우리들의 어머니이시다

제3부

涙

귀로

류옥진

방향을 잃었다
내가 나임을 알지 못하게 하는
이름 없는 통증으로

처음부터
갈 길이었다면
결코 잃지 않았을 터

이제 어디로 가야 하나

석양이 서산에 걸릴 때
길 없는 내 발걸음이
보이지 않는 귀로 위에 섰다

꽃다발 오해

이준영

꽃

한아름

꽃다발에서

풍겨 나오는 진한

그녀 향기 조금 전 내게

안겨 준 생일 선물 꽃 내음

감미로운 축하 탄생과 저승

냄새 꽃다발에 눈길이 꽂힌다 화환

가득 들어찬 장례식 꽃향기

무덤가 향긋한 공포의 공존

오해로 가득한 향긋함

착각투성이 통곡

서서히 죽어 가는

꽃다발

꽃

내 편 당신

류옥진

R파장의 변주곡이 가슴을 쓸어내린다.
세상 모든 것 처음도 끝도 핏줄도 새로 돈다. 체온마저 73도
이다. 영혼도 없이 십자가에 못 박힌 첫 키스에 나침반이 고장
나 버렸다. 내 깊숙한 폐부를 돌다 코끝에서 멈춰 버린
　스물, 붉은 열정이었다.

　비와 바람이 한 소리를 낸다.
　서른, 우리 기대어 푸르렀다.

　여문 햇살에 익어가는 나락이 눈맞춤을 한다.
　일렁이는 파도를 바다는 탓하지 않고 회색빛 구름을 하늘은
탓하지 않는다.
　마흔, 노란 평안이었다.

　하늘이 하늘로 땅이 땅으로
　돌아가는 염주 알보다 더 간절한 기도가
　쉰 살, 내 편 당신임을

착각 Mistake

박정숙

보랏빛 창포인 줄 알았는데 붓꽃이구나
보랏빛 붓꽃인 줄 알았는데 창포이더라

갸가 걔인 듯 닮았는데 다르네
갸가 걔인 듯 헷갈렸던 것이 어디 꽃뿐이랴

내가 알았었던 그가 그가 아님을
헤어진 후에야 비로소 느끼게 되었으니,

아마도
내 사랑은 너무 멀리까지 왔나 보다

품

김동우

그대 품 안에서 전해진 온기는
내 생명의 유일한 끈인 줄 몰랐다오
흩날리는 겨울바람에 심장을 찔려
숨소리 희미한 채로 당장이라도
죽을 듯한 그때의 미어짐이
축복이라는 것을 이제야 알았소
지워지지 않는 기억 속에 남겨진
그대의 날선 칼날에
아물지 않는 상처를 감당할 수 없어
살지도 죽지도 못하는 나는
어찌하란 말이오
영원한 그대를 향한 애틋함은
나를 겨누는 투박한 칼날이었소
그대의 품 안에서 전해지는 온기가 없어
나는 의미 없는 물건이라오

아내

최의학

아내가 뭐라고 한다
무섭다

아내가 짜증이 났다
무섭다

아내가 열 받았다
무섭다

아내가 웃는다
정말 무섭다
오늘 조심해야겠다

정실이

최윤실

정실이 시집올 때
아꼈던 꽃 접시 보내며 내 아들도 같이 보내었네
신랑이 참 좋아요, 내 아들 기를 살려 주는 정실에게
금뚜꺼비도 꺼내 주었네

책 읽는 것을 좋아하는 정실에게
다음엔 책 한 보따리 풀어놓을 테야

그런데 정실아,
반품 불가, 애프터 서비스는 없단다
니가 잘 고쳐가며 살 거래이
엄마는 이제 자유다

천사

정지원

구름은
하늘을 난다
때론 산기슭을 걸어 다니고
땅과 하늘 사이에 다리를 놓고
동물이 되기도 하고
배가 되기도 하고
비행기가 되기도 하고
이쁜 무지개의 배경이 되기도 한다

사람들은 항상 높이 바라본다
사람의 눈으로는 볼 수 없는
태양과 마주하고 힘도 세고
비를 내려 생명을 자라게도 하고
세상을 휩쓸기도 하는 구름은
그리운 사람 떠올릴 때가
제일 보기 좋은
천사다

촛불

김지희

활활 타오르진 못한다
그저 바람이 불지 않기를…
가벼운 입김에도 마구 흔들린다
그래도 쉬 꺼지진 않는다
녹아내린 촛농의 바다
그 바다에 빠져 버린
까만 심지
불꽃이 잦아든다
이게 끝일까
하얗게 굳어가는 촛농
어둠이 몰려든다
어디로 가야 하나

호르무즈 건너온 외제

이미경

파피루스 아침 독서회
부산 사람들과 과학
네이버 구글 다음 유튜브 카톡 밴드
너희들에게 징역 3년, 집행유예 5년을

서양 미술사
동양 철학사
부경대 평생교육원
KBS 고전 아카데미
SBS CNBC 후 앰 아이
죄질이 나빠 징역 1년 6개월에 집행유예 3년을

수많은 정모와 번개
죽지도 않고 또 오는 정기검진들
수많은 계모임과 소모임들
그 죄가 가볍다고 볼 수 없어 징역 1년에 집행유예 2년을 구형
한다

호르무즈 해협을 힘겹게 건너온
귀하디귀한 휘발유로 만든 본인의 두뇌에게
너무 많은 상해를 가해 정상 생활을 어렵게 한 점
그리하여 심오한 '그 어떤 거시기'를 힘들게 하여

피해자에게 씻을 수 없는 정신적 타격과 자존감을 깊이 무너
뜨려
옳고 그름이 무엇인지 헷갈리게 한 후
그것도 모자라 요란하게 들어왔으나 흔적을 남기지 않고
치밀하게 완전범죄를 노린 점
피해자의 기억과 자존심을 모두 휘발시키는 데 일조한 너희들
에게
정의로운 사회 구현과 더불어 약 오름이 없는 자아 구현
그리고 자존감 회복으로 인한 정상 생활을 도모하기 위해
그 죄에 합당한 형량을 구형하는 바이다

그러나 피해자에게 구체적인 사죄의 행동은 없었으나
휘발유 대신 스테인리스 스틸로 된 뇌를 보상하기로 합의한
점을
다음 생애에 정상참작하기로 하였다

목적지 안내

이미경

죽어 가는 사람을 살린다는 새벽이슬
그 이슬과 먼 친척뻘인 참이슬
이슬의 진짜 권능을 힘입어
왕족의 계보 같았던 연락처의 이름들을 눌러 본다
방귀를 뀌듯 하는 헛소리가
어디서 틀어졌는지 대화는 시들해졌고
가방 안에 왕들의 계보가 담겼던 갤럭시를 유폐한다
죄 없는 국자를 두드려 시마이를 알리는 이슬의 소매업자
국자 대가리로 맞은 듯 가슴이 벌렁거리지만
익숙한 나는 모범적으로 일어선다
곧은 길을 굽게 하고
평평한 길을 롤러코스터로 만드는 권능의 이슬

　　널뛰는 전방에서 우회전입니다
　　그리고 곧 추락할 듯한 길에서 좌회전입니다
　　목적지에 도착했습니다 안내를 종료합니다

권능의 은혜를 뼛속 깊이 받지 못한 낡은 머릿속
현관의 풀기 싫은 암호를 풀어 버린 부작용
빛이 없는 컴컴한 현관,
어디론가 다시 가고 싶다
화 한 번 안 내고 경로 재설정을 밥 먹듯이 하는 안내양,
내가 가야 할 목적지가 어디인지 알려 주면 안 되겠니

거룩한 젖가슴

김은숙

귄터 그라스의 『넙치』에 나오는
젖가슴이 세 개 달린 아우아
당시 남자들은 아우아의 젖을 먹고
보살핌을 받으며 아우아의 통치 아래
평화롭게 살아가는 존재였다

아이스퀼로스 비극 『아가멤논』에 나오는
클뤼타임네스트라는 아들인 오레스테스에게
죽임을 당하기 직전 젖가슴을 내밀어 아들에게 호소한다
멈춰라, 아들아
너는 이 젖가슴이 두렵지도 않느냐?
잠결에도 이 어미의 젖가슴에 매달려
그 부드러운 잇몸으로 달콤한 젖을 빨곤 했는데
그러자 오레스테스는 어머니의 호소에 잠시 망설인다

한강의 『채식주의자』에 나오는 영혜는 말한다
내가 믿는 건 내 가슴뿐이야
젖가슴으로는 아무것도 죽일 수 없어
손도, 발도, 이빨도, 세치 혀도, 시선마저도
무엇이든 죽이고 해칠 수 있는 무기잖아

책 속의 젖가슴이 어떤 의미이건 간에

인간이 존재한 그날부터
어머니의 젖가슴은 다정하고 거룩하다
파괴된 인류의 정신에 필요한 건
무한한 사랑이 흐르는 어미의 젖가슴이다

집 밖을 나서며

김동우

밤새 움츠러든 몸에
뜨거운 물을 쏟으며 시작되는 하루

내 뉴런의 경험 인자들은
매양 내 의식의 판단을 거부하고

습관에 길들여진 행동은
생사를 알 수 없는
영혼의 침범을 막고서는

어둔 찬 공기 벗이 되고
새벽 별 이정표 삼아
빛을 향해 가는 것인지
끝을 알고 가는 것인지

삶의 의미를 찾기 위해
삶에 다가서는 나는

죽음의 의미를 찾기 위해
죽음에 물러서는 나는

그냥 사람이다

왜 사냐고 물어보니
웃는다는 시인은
참 정직하다

24시간 쉬지 않는 신선대
부두 조명등 바라보는

24시간 쉬고 있는 무덤들의
주인의 삶은 이렇게 빛났을까

그 사이에 서 있는 나는
어느 쪽인가

수많은 화학적 작용에
반응하는 신경세포는
이성을 위한 본능인가

내가 삶을 사는지
삶이 나를 사는지
알 수 없는 나는

그냥 산다
정직한 시인처럼

그냥 웃는다

그들에게 I'm sorry

여석호

음악을 못 듣거나
영화를 못 보거나
운동을 못 하거나
화장을 못 하거나,
손톱을 잘 못 깎는
그들에게 I'm sorry

콘돔!?

김은숙

저녁 찬거리를 사러 시장에 갔다
생선 파는 할머니가 전화기로 뭔가
자랑스러운 통화를 하신다
들려오는 활기찬 목소리
내가 마 어제 우리 집 아들 식구랑 콘돔에 갔다 왔다 아이가!

콘돔!?

우리 집보다 억수로 크고 좋더라~

콘돔에 다녀오실 나이는 아닌데…
콘도에 갔다 오셨나?

웃음보가 터진다

제4부

水

고향 매축지

이준영

갯가 울타리 안 넓은 마당 한 귀퉁이 우리에
아이도 잡아먹는다는 수퇘지가
썩고 또 썩고 다른 것도 움켜잡고 동반 부식한 냄새 풍기며
어쩌다 한 번씩 고개 들고 꿀꿀거리는 큰 바위처럼 웅크리고
있고
여윈 가지마저 까마득히 희미하게 하늘로 퍼져가는 미루나무
아래
대문 안 소금 내 나는 우물을 식수로 백수 누린 할배가 무서
웠던 할매 집

보름날 멸치잡이 후리질하려 온통 밀려 나온
마을 사람들 얼굴이 은빛 군무에 번들거리면
그 와중에 과부 속곳으로 손을 들이민 갯마을 음흉한 사내를
못 보고 못 들었으니 없는 것으로 아는 쑥밭 마을은 사라지고
거대한 고래가 아니라 더 거대한 배 해체장이 들어선 바다 매
축지

물속에서 자기 발 잡고 늘어진 어느 아낙을 발로 차고 살아
나왔다는
날마다 화투로 80원을 잃어 별명이 날파리인 옆집 아재놈 침
튀는 말로
바다 건너다 뒤집힌 황 돛단배 비극이 더욱 아프게 전해 내려

오는 울산만에
  덜렁 세워진 대교가 빤히 보이는 골짜기

  형형색색 나비와 동무들 지천이라
  어릴 적 팔랑팔랑 놀았다는 나비골에 아버지 유골을 뿌렸다

  순간 불어오는 바람에 하얗게 변해 버린 검정 구두
  밀가루 털어내듯 소주로 씻어내는 손이 떨린다

심청이 바다 1 — 떨어져 내리다

정기남

아버지
바다가 차가워요
살가웠던 세상에서
떠밀려 실족하듯이
떨어져 내리면,
치마는 꽃잎처럼
저항했어요
눈을 감으면 바람소리
낯설어 털부터 세우듯이
완강하게 가로누운 바다
사람이 사랑을 가르는 푸른빛들

바다가 쓰려요
아버지
당신의 지팡이처럼 소심하게
우리 떠돌아 다녔듯이
이 물에 잘게 썰리면,
하얀 심장들이
따라오며 돌아보라 합니다
박속 같은 젖가슴이
어깨 너머 만져질 듯 떠오르면,
당신의 서투른 발길에 채이던

돌멩이들 하나까지 따라와서
시린 발목을 잡네요

상여 소릴까요
아버지
고물에 부서져서
퍼렇게 뒤집어지는 것들이,
바다 살에 맞아
아프지 않도록
쓰러지듯이 바다가 먼저 가서 울고 있어요

심청이 바다 2 — 곤두박질치다

정기남

솟구치는 힘들은
바다에서
모아 엇비슷 썰어야
일어서는 바다 살들
백주에 태양을 가로채려
모자 앞섶을 내려 쓰는 예를 다해
섹스턴트를 겨냥하는 순간
파도는 평정되거나
날치를 낚아채려다가
갑판에 날벼락으로 불시착하는 날개다랑어
해도에 점 하나로
떨어지는 이치
당신의 위치에 자리한 심장이 붉어지다
말향고래 검붉은 피부에
곤두박질치는 정오
후려치는 꼬리 힘줄들이 얽혀
십자가는 바다 가득 흐드러지고
널브러지지 않으려고
모자를 채가는 힘으로
내지르는 끼~룩
구걸하는 목숨들은 번드쳐서
내리꽂히는 용서

그렇게 내려가는 거다
수온이 얼마나 하얀지 가늠해 가면서

잊힌다는 것은

잊힌다는 것은
하얗게 봄날을 채우던 벚꽃
이 푸른 옷을 입고 여름을 무성히 지키는 것

잊힌다는 것은
내리는 비를 받쳐 주던 우산이
햇살 좋은 날 어딘가 버려지는 것

잊힌다는 것은
꿈에서조차 그리운 그가
아이를 치켜 안으며 내 곁을 스치는 것

잊힌다는 것은
살아가는 인생길에서
과거는 없고 현재 속에 서 있는 것

그리하여
잊힌다는 것은
결코 쓸쓸한 것이 아니다

새벽 산책

류옥진

멀리서 걸어오는 새벽
미명의 지저귐에
무작정 신발끈을 묶는다

길게 누운 아스팔트 위를
잔걸음으로 걸으면
고요만이 내게 온다

안쓰러운 고목이
어둠에 지쳐 잠들어 있고
세상이 회색빛을 입고 있다

노송의 그림자는
물결 따라 호수에 잠기고
외로움은 내 것이 된다

이름 모를 꽃들이
이름 모를 풀들이
나만의 이름으로 불려진다

한 걸음 옮길 때 노랑둥이
두 걸음 옮길 때 초록둥이

엄마 품에 숨은 듯 삐쭉 내민 꽃애기

새벽 속에서
나만의 세상이 된다
오답이 없는 나만의 세상이다

누군가의 꿈

출근길 보이는
뿌얀 안개 속

그 앞에 자리한
저 수많은 회색빛 성냥갑들

타고난 저마다의
소질과 자질은 다르다는데

어쩌면 저곳은
하나같이 똑같이 생겼다

그럼에도 불구하고

저곳은
누군가의 평생 꿈인 것을

진메 마을 김 시인

김형균

툇마루에서 내려다보이는

여울물 소리가 그의 울림이 되었다

마을 입구 느티나무 푸른 잎이 그의 얼굴빛이 되었다

섬진강 웃대 너머 산벚꽃이 그의 그리움이 되었다

켜켜이 쌓인 고향 마을 한숨과 짙은 기침소리가 그의 시심이
되었다

장산 능선 긴긴 산그늘이

진메 마을 회문제 시첩에 살포시 내려앉는다

김범수의 「약속」 노래는 섹시하다

김은숙

에세이를 읽고 있다
물론 음악이 함께한다
간만에 가을 분위기에 젖고 싶어
발라드 가요를 듣는다
책과 내가 하나가 되어
음을 타고 흐른다
멜로디와 가사와 리듬이
나를 흔들어 놓는다
눈을 감고 책을 놓고
몸을 흔들어 본다
책은 멀어지고
범수의 노래에 빠져든다
범수의 목소리가 이렇게도 섹시했나!
새로운 발견이다
애절함으로 고통을 삼킨 목소리는
참! 섹시하다
너의 노래는
이제부터
나를 춤추게 하는 뜨거운 섹시함이다

매호 氏에게

정지원

언제나 봉오리로 피는 꽃에게 어찌 미소를 거둘 수 있을까. 언제나 재잘거리는 파도에게 어찌 귀를 내주지 않을 수 있으며, 봄날의 바람에 춤을 추는 신록에게 어찌 그윽한 눈길을 멈출 수 있을까. 살면서 후회와 미련이 없을 리 없지만 어찌 꽃과 파도와 신록에게 그런 굴레를 씌울 수 있을까. 혹시 아비가 못나 남을 탓해도 내 인연의 붉은 실에 네 탓으로 원망한 적 없으니 너는 오직 행복하기를. 내 가졌던 삶의 희망이 풍화되어 한 줌 흙으로 나마 네 발아래 깔리기를. 네가 풀어내는 지혜로운 말의 향연에 내가 탄 외줄이 보이지 않기를. 그리하여 늘 사랑받는 사람으로 나비처럼 춤을 추기를.

- 사랑하는 딸이 열심히 일하는 모습을 보며

달팽이

류희순

달팽이를 건드리면
제 집 속으로
머리를 쏙 넣어 버리듯

시를
쓰려고 하면
생각들이
어디론가 들어가 버린다

내게도
달팽이 같은
그런 집이
있는가 보다

1세대 1주택인 줄
알았는데

나도 모르는 집이 한 채 더 있나 보다

완월(玩月)

　오래된 한 존재의 이름을 잊은 후 남자는 밤마다 자작나무 가득한 숲에서 길을 잃었다. 너무나 분명한 숲에서 길을 잃는다는 것은 생길 수 없는 일이다. 가지런한 나무들이 도열하여 만든 먼 길 너머에 오아시스 같은 호수 그 한가운데 누구나 찾아가는 꿈의 시원인 작은 섬에서는 언제나 옷을 모르는 여인이 한 남자의 갈비뼈에서 허물을 벗고 일어서는 모습이 매일 반복되었다. 그 여자가 생겨나기 전에 자작나무 숲은 잃어버린 낙원의 허상이었다고 한다. 최초의 남자의 낙원에는 여자가 없었다. 하지만 여자의 처음 낙원은 그 남자였으므로 여자는 남자의 낙원에 대한 동경이 없었다. 그러기에 여자는 남자와 함께 있으므로 세상을 낙원으로 알고 집과 침대와 사람 수만큼의 그릇과 또 작은 불로써 낙원의 경계를 만들며 어둠 속에서 차츰 부풀어 가는 자신의 자궁을 사랑했다고 한다. 남자가 더 이상 누리지 못하는 잃어버린 낙원은 점차 여자의 자궁으로 변했고 남자는 여자로부터 태어난 것이라는 착각을 하기에 이르렀다. 남자의 착각에는 여자의 잉태가 동원되었다. 여자는 자신의 몸을 통해 새로운 생명을 배출함으로써 남자의 실낙원을 밀어내고 자신만의 낙원 속에서 그녀가 원하는 색깔과 향기의 낙원을 남자를 통해 가꾸어 갔다고 한다. 남자의 회귀 본능이 길든 것이다. 여자의 수유 본능에 의해 남자의 회귀는 항상 길을 잃었다. 젖과 꿀이 흐르는 땅이라는 막연한 기억을 위해 여자는 스스로 젖을 만들어 그 땅을 매일 밤 선사

했다. 여자는 언제나 옷을 벗었고 남자는 그 모습을 신뢰의 표상이라 확신했다고 한다. 뱀의 똬리처럼 살과 살이 맞닿는 유대감을 넘어 생존의 전략으로 자리 잡았다. 그 때문에 그것은 행복이라고 여겨져야 했다. 행복은 자궁을 닮은 테두리 모양으로 안도감이 담긴 사랑의 상징과 매우 유사했다. 하지만 그곳은 눈으로 확인할 수 없는 어둠이 늘 존재했다. 신이라는 존재가 말했다고 한다. 인간에게 자신의 무한한 존재성을 알리려 이런 무한의 우주를 창조한 것이 너무 많은 낭비를 한 것이라고. 자궁 하나면 충분했던 것이라고. 오늘 밤도 오래된 자작나무 숲은 열리고 길 잃은 남자의 후손들이 밤을 채운다. 너무나 분명했던 본능의 숲에서 길을 잃는다는 것은 생길 수 없는 일이다. 그러나 여자들이 만든 그 숲에서는 밤마다 길을 잃는 남자들이 여자들의 젖무덤에서 헛기침 같은 잠을 잔다. 아이들이 놀지 않는 그 숲에서 매일 다 컸다고 자부하는 남자들이 놀다 간다. 그런 놀이터를 달을 통해 동화를 연상하는 사람들은 침을 뱉고 욕을 하기도 한다. 완월은 저주의 땅이 아닌데 사람들은 그 땅으로 난 도로를 벗어나는 순간을 저주를 벗어난 안도감과 혼동한다. 완월이란 이름은 자신의 욕망을 사랑하지 못하는 자들의 플라시보다.

꿈

최윤실

그동안 너무 많이 먹었다는 최 여사는
육십 나이에 돈벌이를 내려놓고 시간 벌이로 나선다

그녀의 꿈속에서
분홍색 꽃돼지가 그녀의 품에 활짝 안기고
누런 똥물을 바가지로 퍼 대는 꿈을 꾸었을 때부터
그녀의 돈벌이는 시작되었지만
최 여사의 진짜 **꿈**은 이제부터이다

다대포 바닷가

안 간다지
사진 작가 친구는
모래 결 찍으려
사하라 사막에

더 물결치는 사구가
여기 있는데
뭐 하러 거기까지

다대포 바다에
출렁인다
모래사장이 출렁인다
출렁인다
난바다가 출렁인다

그 경계에 하얀 물거품
수없는 오감에 대양의 진동이
분말 알갱이로 전해진다
달 손으로
바람으로

장강의 범람 태양의 흡수

그 부부 싸움에도 태어난
모래톱 남매들

온갖 만남의 세상
바다와 강물이 만나고
하늘과 산이 만나고
사람과 모래사장이 만나고

겨울비

김동우

회색 눈동자에 비춰진 파도는
비를 머금어 더욱 힘차다
들어선 흰보라에 눈이 가고
물러선 물주름에 마음이 간다
유리벽 잔물방울 우윳빛
알 수 없는 떨림에
동요하는 상상이란
그저 꿈속의 미련
알아도 말하지 못하고
말하려 해도 알지 못하는
너와 난 오늘도 웃고만 있다

바다와 사람

여석호

깊이에 따라 달라지는 바다의 색깔은
사람의 나이하고 유사하다
날씨에 따라 달라지는 바다의 파도는
사람의 성격과 유사하다
폭풍우 뒤에 잔잔해지는 바다는
화를 내고 후회하는 사람과 유사하다

空

박미정

한 잔
그리고 또 한 잔
부어도 비워도
채워지지 않는 한 잔

한 잔
한 잔
그리고 또 한 잔
채워도 버려도
남겨진 한 잔

너 한 잔
나 한 잔
딱 한 잔

새까맣게 타 버린
내 새하얀 밤들
내 인생의 불청객

다시, 불꽃으로

1922년의 겨울은 어땠어?
2019년의 가을은 환상적이야!

98년 동안의 봄 여름 가을
그리고
또
긴긴 겨울들

7남매
그 누구에게도
말 못 했을
긴긴 시간들

혼자서는
잠 이루지 못했을
긴긴 밤들

이루지 못했던 꿈들
고이고이 간직했던 이별들

이제는
기쁜 마음으로 만날 수 있기를

그럴 수 있기를

다시, 불꽃으로 피어날 수 있기를

다시, 꽃으로 피어날 수 있기를

소나기

김지희

어두컴컴한 하늘
쏟아지는 빗줄기
바람과 손잡고 몰아치는 빗줄기
갖가지 상념들이
쏟아져 내린다
과거를 타고 내리는 비
내일을 향해
퍼붓는다
그 비는
웅덩이가 되어
나를 침잠시킨다

인생 세일링

송우헌

홀로 떠 있는 돛단배
험한 파도에 돛이 부러졌다
바람 따라 따라 따라 파도 따라 따라 따라
이리저리 흔들흔들 갈 곳이 어디인가
세우고 바루고 고치고 10년 세월
다시 떠나야 한다 어디로
목적지도 어디로 가야 할지도 모르겠다
바람이 불면 부는 대로 마음이 가면 가는 대로
그리 살다 나는 가리!

고맙다 1

백기홍

그해,
곧 허물어질, 재개발 지구의 한 높다란 시멘트 담장 위로
슬그머니 몇 줄기를 드리웠던
퇴근길 이른 봄날의 산수유 가지들

그 곁을 날마다 바삐 지나던 내게
아기 손 같은 노란 망울들을 가볍게 흔들며 인사하던
그대들의 표정과 미소가 너무도 곱고 안쓰러워
어찌하나 어찌하나 하는데
슬그머니 노크하고
내 마음으로 들어와 버린
담박한 그대들

고맙다
고맙다

나를 택해 웃어 주고
내 마음에 들어와
지금껏 아름답게 살아 줘서…!

이 가을
촉촉이 낙엽을 적시는 빗소리에 기대어

잠시나마 쑥스러움을 이기고서
이제야 고맙다는 말을 하게 되는구나
난 그대들이 한없이 고맙다

그땐 봄이었는데, 이젠 가을도, 겨울까지도
그대들이 함께해 주고 있구나

나도 한 번 슬그머니, 그대들의 표정을 훔쳐 따라 해 보고 싶다
그대들이 허락해 준다면…

고맙다 2

백기홍

해운대 장산 속 길
물소리 바람 소리가 착하게 흐르는 길
걸을 때마다 내 발이 만나게 되는 이들

내가 그 무슨 자격이 있기에
겹겹이 쌓여 다져진 이 흙과 나뭇잎들을,
예쁘게 자기 자리를 잡고 있는 이 돌들을,
언제든 마음대로 밟고 지나며
그것도 신을 신고 밟으며
이 호사를 누리고 있는가
무슨 대단한 일을 했다고

오래오래된 내력을 차곡히, 빼곡히 갖고 있음에도
아무것도 모르는 내게
그대들 위로 발길을 허락한,
아무 말 하지 않고 허락한
겸손한 그대들의 이야기를 듣고 싶다

말해 주지 않겠니? 고마운 그대들이여

물어도 뭐라 할 것 같지 않은, 고마운 그대들이여

天祭

이명아

나의 몸이시여
절규의 시간 슬픔의 시간 기다림의 시간
태풍처럼 비집고 들어가 헹궈 내고
끓어 넘치는 열정으로 태워 내고
내 안에 갇힌 숱한 기억들
또 하나의 큰 감옥이 되지 않도록
어후야 어후야
터져 나오는 숨을 타고
빈 공간을 가득 채우는 소리를 타고
술술 풀어지게 하소서

나의 마음이시여
발밑의 작은 사랑에 동동거리지 않고
세상의 화려함에 눈멀지 않고
비어 있음에 감사하는 충만함으로
존재의 뿌리 밝히는 큰 사랑으로 흘러 흘러
마침내 강이 되고
마침내 바다가 되어
생명의 온기로 빛나는 축복이 되게 하소서

나의 정신이시여
마음을 흔들고 몸을 흔들어 뿌리마저 위태롭게 할

나의 정신이시여
하늘과 맞닿은 신령스러운 자리
인내와 지혜의 거름을 품고 올라
더 높이 날아오를 그 자리에서
온전한 자유가 두 팔 벌려 춤추며 나를 맞이하게 하소서

하늘에 삼배
땅에 삼배
거룩한 영혼들에 삼배

어둠 속 등대는 너의 웃는 얼굴

이준영

최근에 문득 시를 써보고 싶다는 생각이 강하게 들었습니다.
시를 배우거나 제대로 공부한 적은 없습니다.
시인이 될 생각을 하는 것은 더욱 아닙니다.
말을 훌륭하게 잘하는 것이 쉬운 일은 아니지만 누구나 말을 할 수 있는 것과 같이,
꼭 시인이 되어야만 시를 쓸 수 있는 것이 아니겠지요.
훌륭한 시를 쓰는 것은 아주 어려운 일이지만
말과 글을 아는 사람은 누구나 시를 쓸 수 있다고 생각합니다.

시를 띄우며 동봉한 어느 이의 마음이다. 파피루스가 펴낸 시집 『손톱』은 이런 심정을 보듬고 발을 뗐다. 시를 쓴다는 게 사람들 앞에서 노래를 부르는 것처럼 쑥스러운 모양이다. 내면에 움츠린 감정, 몸짓, 표정을 드러내기가 부끄러운 것이겠지.

그래서인지 가무(歌舞)을 잘하는 분들이 시작(詩作)도 많이 했다. 예외도 있다. 남들 앞에서 노래를 곧잘 하던 이가 시심을 내보이길 꺼렸다. 노래를 뱀 보듯 하던 이가 멋진 시를 불렀다. 혼자 부르는 노래와 무대 위에서 부르는 노래, 일기 쓰듯 남몰래

짓는 시와 시집에 내놓는 시, 그 사이를 바라본다.

문득 이런 생각이 든다. 인간은 고작 5%의 우주 물질만 안다는데 우리가 아는 사람의 마음도 그런 게 아닐까 하는. 물리학자는 미지의 우주 물질을 찾아 나서고, 시인은 알 듯 모를 듯한 심리를 들여다본다.

파피루스 아침 독서회는 14년간 장밋빛 손가락을 가진 새벽의 여신과 함께 책장을 펼친 모임이다. 죽음의 동생이라고 불릴 정도로 마력적인 새벽잠마저 뿌리치고 모은 세월이다. 그리 가열차게 책을 읽었지만, 마음 한편은 허전하다는 이가 많았다. 문자만으로 채울 수 없는 갈증이었다. 책이 쌓일수록 그 틈은 커졌고, 어느새 커다란 구멍이 돼 버렸다. 어떤 이는 음악으로, 다른 이는 그림으로, 누구는 유명 시인의 시로 공백을 메우려 했다. 하지만 공허감은 사라지지 않았다.

어느 때부터인지 확실하지 않지만, 희미한 소리가 들렸다. 시를 쓰는 자판기 소리와 시를 읊는 음성이다. 서투르지만 자기 마음속을 걷는 발자국이었다. 낙엽이 산을 이루지는 않았지만, 마당은 덮을 정도로 시가 깔렸다. 얼른 바구니에 담지 않으면, 자칫 바람에 날릴 지경이었다. 시집 『손톱』은 이렇게 탄생했다.

손톱만큼
당신을 사랑합니다

버려두면 자라나서
상처를 만들기에
당신을 향한 마음을
추억이라 잘라둡니다

126

일상에 부딪혀 깨지는 손톱처럼
당신의 추억 또한
삶의 한 모퉁이에서 잘려져 나갈 것을 압니다

길게 자르면 금방 자라고,
짧게 자르면 온통 손톱에 신경이 쓰입니다
행여 빠지기라도 하면
새로이 자라기까지 습관처럼 고통을 확인하므로
저는 당신을
손톱처럼 사랑합니다

당신은
손톱처럼
떼어 버릴 수 없는 삶의 일부입니다

손톱만큼 사랑한다는 것이
저에겐
아낌없이 사랑하는 것보다 더 힘든 일입니다

— 류희연, 「손톱」

시집 제목으로 뽑은 작품인 「손톱」이다. 노래만 못 하는 이가 출산한 시이다. 다른 건 무척 잘한다는 의미다. 삶은 늘 곁에 붙어 있는 작은 것과 지낸다. 위대한 목표나 화려한 구호나 억만금의 재산이 아니다. 어떤 때는 귀찮고, 어떤 때는 아픔을 주기도 하는 존재가 진정 사랑의 대상이 아닐까. 어쩌면 버릴 수 있는 건 아무리 그 사랑이 크다고 해도 사랑이 아닐지 모른다. 태양도 언젠가 식기 마련이니 용광로가 뭐 별거이겠는가. 하지만 내 손가락 끝에 붙어 있는 손톱은 영원히 나와 함께한다. 나 자신은 필멸의 존재이지만, 나와 무덤까지 같이하는 것에 '영원'을 붙여도 좋다. 이제 "그대여 나는 당신을 손톱만큼 사랑합니다"라고 말해 보자. 이를 듣는 상대방은 어떤 반응을 보일까. 파피루스 회원들은 서로를 손톱처럼 좋아하는 사람들이다.

> 활활 타오르진 못한다
> 그저 바람이 불지 않기를…
> 가벼운 입김에도 마구 흔들린다
> 그래도 쉬 꺼지진 않는다
> 녹아내린 촛농의 바다
> 그 바다에 빠져 버린
> 까만 심지
> 불꽃이 잦아든다
> 이게 끝일까
> 하얗게 굳어가는 촛농
> 어둠이 몰려든다
> 어디로 가야 하나
>
> — 김지희, 「촛불」

「촛불」이란 시이다. 5분 만에 후다닥 그려 놓고는 5시간 동안 고치고 또 고쳤다고 한다. 퇴고(推敲)라 써놓고 고난의 행군이라 읽는다. 글로써 표현할 수 없는 걸 글로 쓰는 행위가 시작(詩作)이니 오죽했을까. 활활 타오르지만 그렇다고 꺼지지도 않는다. 외부의 시련에 그렇게도 꿋꿋이 버티던 존재가 그만 자기가 만들어 낸 촛농에 빠져서 사그라지는 운명을 맞는다. 비록 쓰러졌지만 순리가 아닐까. 그래도 어디로 가야 하는지 의문은 짙게 남기 마련이다.

저녁 찬거리를 사러 시장에 갔다
생선 파는 할머니가 전화기로 뭔가
자랑스러운 통화를 하신다
들려오는 활기찬 목소리
내가 마 어제 우리 집 아들 식구랑 콘돔에 갔다 왔다 아이가!

콘돔!?

우리 집보다 억수로 크고 좋더라~

콘돔에 다녀오실 나이는 아닌데…
콘도에 갔다 오셨나?

웃음보가 터진다

— 김은숙, 「콘돔!?」

언어의 기표가 기의가 자유롭게 넘나드는 현장을 담은 작품이다. 문장부호 '!?'도 의문과 느낌이 난무하는 심정을 표현한다. 단어의 정확성은 발화하는 사람의 특성에서 무너지고 만다. 고체였던 단어의 의미가 액상(液狀)화하면서 각자가 가진 틀에 맞게 젤리처럼 채워져 진동하고 있다. 우리도 일상에서 이런 일을 당하고 있다는 사실을 망각한다. 내가 말하는 의미를 상대방이 제대로 이해하고 있을까. 서로 다른 기호를 주고 받으면서도 고개를 끄덕이는 순간이 없었는지 되돌아본다. '웃음보가 터지는' 시인을 보고는 더 활기차게 전화하는 할머니가 바로 내가 아닐까.

55 사이즈 때 그녀는
전차 값 한 푼도 아끼려고
아미동에서 서면까지 걸어 다니셨다

66 사이즈 때 그녀는
뽀얗게 화장품 가방 메고
늘 새파란 옷을 입고 계셨다

4·3과 6·25를 정통으로 겪으며
제주 조천에서 태어난 그녀

55 사이즈 때나
66 사이즈 때도
그녀는 늘 변함없이 용감무쌍했다

77 사이즈인 그녀는
어느새 눈가의 잔주름은 가득하고
늘어난 뱃살만큼 사연이 소복하다

그녀의 용감하고 고단한 날들은,
어느새
볼록한 뱃살과 주름에 묻혀 버렸다

늘어난 사이즈와 반비례해서
노쇠하고 카랑카랑 연약해졌다

77 사이즈 일흔일곱의 그녀는
올록볼록 뱃살도 사랑스러운
자글자글 주름도 자랑스러운

엄마

제일 사랑하는 나의 엄마
아니 우리들의 어머니이시다

— 박정숙, 「77 사이즈 그녀」

　시인은 아마 어머니 생일 선물을 사기 위해 옷가게에 들렀나
보다. 평소 어머니에게 아주 관심이 많은 그는 나이와 옷 사이즈
사이의 상관성을 발견하고 깜짝 놀란다. 아픈 각성이다. 옛날로
시인을 데려간다. '77 사이즈 그녀'의 과거이다. 우리에게 '피의
섬'으로 전해지는 4·3의 제주도에서 태어난 어머니. 그녀는 옷 크
기가 아주 작은 사이즈일 때 뭍으로 들어왔다. 어머니의 옷 사
이즈는 고난의 주머니이다. 제주 해녀들이 떠오른다. 육지 해변
마을에 그녀들이 밀려들었다. 부산 영도, 해운대, 광안리도 마
찬가지다. 무서운 세월에 파도마저 덮쳤다. 앞바다들은 여인들
을 쇠약하게 만들었다. 카랑카랑 연약해졌다.

　산허리 돌아가는 능선과 계곡
　그 말초까지 뻗어나가며

할퀴고 찢기어져 드러난 핏줄

한사코 파고드는 철부지들 감싸 안는
늙은 할미 코 묻은 치맛자락
무수한 생명 품고 사는 더 큰 생명

한평생 노동으로 다져진
깡마른 사내의 꺼칠한 맨살
나날이 이어지는 거친 발길질 받아내며
묵묵히 선정에 든 거인

— 류홍석, 「금정산 둘레길」

금방 산사나이가 떠오른다. 고교 시절부터 산을 탄 시인이다.
전국에 있는 악산(惡山)을 누비고, 벼랑도 오르내렸다. 히말라야
산맥도 다녀온 산악인이다. 그런 그도 동네 뒷산인 금정산 앞에
선 품을 한사코 파고드는 철부지인 모양이다. 아무리 나이가 들
고 몸집이 커져도 이제는 조그마해진 어머니 품을 그리워하는
게 우리가 아닌가. 금정산은 어릴 적엔 어머니이고, 성장해서는
깡마른 사내의 불평도 받아 주는 거인이다. 부산서 자란 시인에
게 금정산은 그런 존재로 존재한다.

양쪽 폐 사이 가운데쯤에서
자꾸만 찌르르 찌르르…
귀뚜라미 한 마리가 미량의 전기 고문을 해

— 이미경, 「여섯 번째 감각」

「여섯 번째 감각」의 일부이다. 밤은 깊고 푸르게 멍들어 가고, 신의 약속 같던 무지개도 색을 잃은 시간. 조각만 한 희망도 사라지고, 나에게 손 내미는 존재도 의심스러운 시간에 너의 웃는 얼굴이 보였다고 시인은 기어코 외친다. 아니, 우기는 것인지도 모르겠다. 그리하지 않으면 어쩌겠는가. 늘 깜장 질흙 같은 밤길이다. 한 치 앞의 순간도, 마주 보는 그대 마음도, 문을 열고 나가는 현관 밖도. 이 어둠 속 등대는 너의 웃는 얼굴이다. 속더라도 그렇게 가는 게 우리의 운명이 아닐까. 이리 체념하는 데도 양쪽 폐 사이 가운데쯤에서 귀뚜라미 한 마리가 자꾸 전기고문을 해댄다.

마치는 글

잘 차려진 밥상에 숟가락 하나 올립니다.

우리는 매번 그 공간을 갑니다.
그곳에는 정겨운 사람들이 있습니다.
현명한 지혜와 새로운 지식이 있습니다.
따뜻한 위로와 사랑이 있습니다.
그래서 지금 그곳으로 가고 있습니다.

작년 이맘때, 한 번개 모임에서
전 회장님이 다정한 미소를 지으며
저에게 다가왔습니다.
순간 올 것이 왔구나 하고 긴장했습니다.
회장을 못할 이유와 변명거리를
빠른 시간에 찾아보려 애썼지만
더 이상 물러설 곳이 없었습니다.

하지만 희망이 생겼습니다.
누구보다 훌륭한 총무님과 재무님이
부족한 저를 살리기 위해 양옆에 계셨습니다.
보조를 자처하며 호위무사로

지켜주시는 분들이 생겨났습니다.
아울러 솔선수범하는 회원님들이
그림자처럼 도와주셨습니다.

변화보다는 유지를
큰 기획보다는 소소한 실천을
한발 한발 조심스레 걷다 보니
벌써 일 년이 되었습니다.

한 분 한 분의 얼굴을 가만히 떠올려 봅니다.
따뜻한 정겨움을 조용히 느껴 봅니다.
뜨거운 열정과 지성을 깊이 새겨봅니다.
그리고 가슴에서 우러나는 감사함을 드립니다.

가을이 완연합니다.
푸짐하게 잘 차려주신 밥상에
올려주신 숟가락으로
천천히 음미하며 잘 먹었습니다.

2019년 10월
회장 김성희